EINFACH SO VON DIR GELIEBT
RELIGION 1

Helene Daxecker-Okon • Anna Kraml • Elena Mizrachi
Christine Neureiter-Schlack • Barbara Schwarzenbacher

Illustrationen Lili Richter

Ich bin Alma.
Ich bin mutig
und bastle gerne.

Ich bin Eli.
Ich bin tierlieb
und mache
gerne Musik.

Ich bin ALBERT

HIER KANNST DU

- gestalten
- entdecken
- still werden, beten, feiern
- erzählen, weiterdenken
- fühlen, riechen, schmecken, hören, sehen
- miteinander arbeiten
- vernetzt lernen
- digital lernen www.einfach-so-religion.at

Meine Augen haben das Heil gesehen.

Lukas 2,30

Bibelworte erkennst du so.

Freie Flächen im Buch laden zum Gestalten und Ausmalen ein.

Arbeitsangebote stehen am Ende jeder Seite.

SO FINDEST DU DICH ZURECHT

ANKOMMEN

Erzähle, was du im Bild entdeckst.

Überlege, wo es ein  gibt?
Mache mit deinem Körper ein Kreuz.

Wir entzünden eine , wenn ...
Reibe deine Hände und spüre die Wärme.

Worauf freust du dich im Religionsunterricht?
Male es in das große freie Feld.

WUNDERBAR ERSCHAFFEN

Besprecht, was Eli denken könnte.

Welche Fragen fallen euch ein?

Menschen staunen

Gott, wie herrlich hast du den Himmel gemacht,
mit Sonne und Mond,
mit kleinen und großen Sternen.
Er ist wie ein riesengroßes Haus
über uns winzig kleinen Menschen.

Regine Schindler nach Psalm 8

Gestalte ein Bild, worüber Menschen staunen.

Kleines sehen

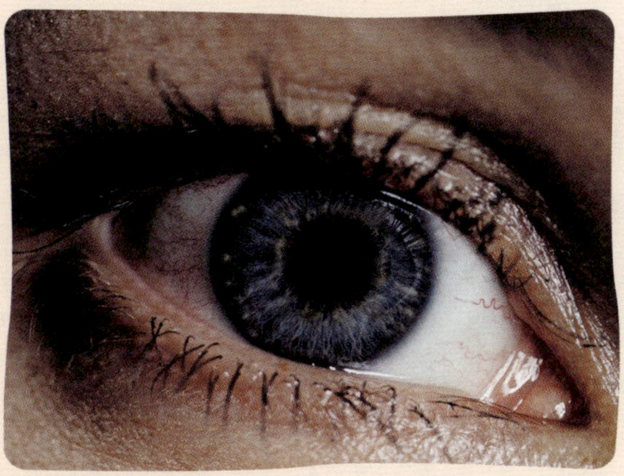

Geht gemeinsam in eurer Umgebung auf Entdeckungsreise.
Erzählt davon.

Im Anfang

Schau das Bild genau an. Was erzählt dieses Bild über Gott?
Finde einen Ruheplatz im Bild.

Schon immer sind Menschen
dankbar für die Welt.
In der Bibel loben sie
Gott dafür.

Im Anfang erschuf Gott
Himmel und Erde.
Alles kommt von Gott.
Und schau: Es ist sehr gut.

nach Genesis 1

Überlegt, wofür Menschen Gott loben.
Ordnet die Geräusche zu.

Quiz

Gott, wie bist du?

Erkläre: Welches Bild passt für dich am besten zu Gott?

Fragen stellen kann ich gut

T: E. Moers / M: M. Buntrock

Wohnt Gott in der ganzen Welt
oder nur am Himmelszelt?
Ist er überall und hier
oder ist er auch in mir?

Wie kann Gott wohl wirklich sein?
Frag ich mich das nur allein?
Welche Vorstellung habe ich?
Welches Bild begleitet dich?

Sucht weitere Fragen.

Menschen spüren Gott und sagen ...

Du rufst mich bei meinem Namen.
Du schützt mich wie ein Zelt.
Du kümmerst dich um mich.
Du wärmst mich.
Du schenkst Freude.

Entdecke das Bild. Wo im Bild möchtest du sein?

Finde passende Bilder zu den Sätzen.

Meine Oasenseite

Gott sagt: Ich bin da.

Schließe die Augen und überlege:
Wie fühlt es sich an, wenn jemand für dich da ist?
Gestalte dazu ein Bild. Der Name Gottes steht in der Bibel. Höre dir die Geschichte an.

Wissen

Franz von Assisi

Franz spürt Gott.
Er liebt alles, was Gott erschaffen hat.

Betrachte das Bild.
Wie geht Franz mit seiner Umwelt um?
Überlege: Was könnten die Vögel über Franz erzählen?

Erntedank

Überall auf der Welt danken Menschen für die Ernte.

Danke für ...

Gestaltet einen Erntedanktisch.
Finde heraus, wie Menschen Erntedank feiern.

DAS KANN ICH SCHON

1. Gott hat die Welt erschaffen.
   Beschreibe, was dir dazu einfällt.

2. Erinnert euch, wie in der Bibel von Gott erzählt wird.
   Sprecht darüber.

3. Es gibt vieles, wofür du Gott danken kannst.
   Male und gestalte dazu.

GOTT, DU BIST GEHEIMNIS.

HEILIGES ENTDECKEN

Das ist mir so richtig wichtig

Erzähle, was dir richtig wichtig ist, und zeichne es dazu.
Beschreibe, wie du damit umgehst.

Füreinander da sein

Gib uns Ohren

T/M: Bernd Schlaut

Überlege, welche Menschen für dich da sind. Woran merkst du das? Berichte, wie du für andere Menschen da sein kannst. Gestalte Herz und Hände passend dazu.

Lied

Heilige – für andere da sein

Martin sieht
den Bettler.
Er teilt seinen
Mantel.

Elisabeth lebt
auf einer Burg.
Sie verschenkt
Brot.

Stelle eine Szene aus den Bildern nach.

Die Menschen von Myra haben nichts mehr zu essen. Bischof Nikolaus bittet die Händler, das Korn zu teilen.

Luzia liebt Gott. Sie versorgt Menschen, die verfolgt werden.

Besprecht, wie Gott durch Menschen wirken kann.

Kraftplatz

Für Menschen gibt es besondere Orte.

Tauscht euch aus, was für euch besondere Orte sind.
Besuche einen Ort, der dir Kraft gibt.

Heilige Orte

Erzähle, wo du Zeichen des Glaubens findest.
Mach dich auf Spurensuche.

Heilige Zeiten

Menschen brauchen Zeiten zum gemeinsamen Feiern.

Listet auf, welche Feste ihr auf den Bildern erkennen könnt. Beschreibt, wie ihr diese Feste bei euch zu Hause feiert. Gibt es einen Tag, der dir heilig ist? Zeichne dein Lieblingsfest in das freie Feld.

Allerheiligen und Allerseelen

Die Gräber werden geschmückt.

Gestalte das Grab und den Grabstein.
Entdecke weitere heilige Zeichen am Friedhof.

Meine Oasenseite

Du hast Augen, die mich hören,
Ohren, die mich spüren,
und ein Herz, das mich sieht.

Lena Raubaum

Nimm dir Zeit. Stelle deine Gefühle in Farben dar.

DAS KANN ICH SCHON

1. Überlege, welche heiligen Menschen du kennst. Erzähle von ihnen.
2. Berichte, wie Menschen Feste feiern (Ostern, Allerheiligen, Martinsfest ...).
3. Zeichne einen für dich heiligen Ort.

GOTT, DU TRÄGST MICH DURCHS LEBEN.

WEIHNACHTEN ERLEBEN

Manchmal warte ich auf ...

Im Advent freue ich mich auf ...

Ergänze die Sätze.

Advent

Schau den Adventkalender an. Was fällt dir auf?
Entzünde jede Woche eine weitere Kerze am Adventkranz.

Ich träume mir

T: Ulrich Walter / M: Reinhard Horn

Gestalte die Sterne mit deinen Träumen.

Lied

Wünsche

Ich wünsche mir
Eislaufschuhe!

Oma soll kommen können.

ELI

Papa und Mama
sollen weniger streiten.

Ein neues Skateboard
wäre toll.

Alma

Warum wünscht sich Eli, dass seine Oma zu Weihnachten kommen soll? Begründe deine Meinung.
Erzählt eine Geschichte zu jedem Wunsch von Alma und Eli.

Maria bekommt Besuch

Der Engel sagt zu Maria:
Gott ist mit dir. Fürchte dich nicht.
Du wirst ein Kind empfangen.

Besprecht, wie sich Maria fühlt.
Sammelt Beispiele dafür, was ein Kind braucht.
Verziere die Botschaft des Engels.

Gott wird Mensch – Jesus ist geboren

Heute ist euch in der Stadt Davids der Retter geboren.

Lukas 2,11

Stellt eine Szene aus dem Bild nach.

Die Sterndeuter folgen dem Stern

Sie knien nieder und beten Jesus an.

Matthäus 2,11

Findet heraus, was die Sterndeuter mitgebracht haben.
Wieso knien sie nieder? Probiert die Bewegung aus.

Menschen sehen Jesus

Meine Augen haben das Heil gesehen.

Lukas 2,30

Simeon und Hanna freuen sich über Jesus und loben Gott.

Erkläre, warum Simeon und Hanna sich über die Geburt Jesu freuen.

Weihnachten feiern

Schaut die Bilder an: Was kennt ihr?
Erzähle, wie ihr zu Hause Weihnachten feiert.

DAS KANN ICH SCHON

1. Erzählt und spielt die Weihnachtsgeschichte nach.

2. Erkläre, warum Menschen Advent und Weihnachten feiern.

3. Gestalte eine Weihnachtskrippe.

GOTT, DU BIST DA.

EINANDER WAHRNEHMEN

Sprecht darüber, was für das gemeinsame Lernen wichtig ist.

Das sind wir – eine bunte Gemeinschaft

Jedes Kind fühlt anders.
Jedes Kind denkt anders.
Jedes Kind sieht anders aus.
Und das ist gut so.

Tauscht euch aus: Wieso ist es gut, dass jedes Kind anders ist?

Verschieden sein

Sprecht darüber, was Alma, Eli und Emily gut können.
Was kannst du gut? Zeichne es in das freie Feld.
Beschreibt, warum es gut ist, dass Menschen Verschiedenes können.

Religionen entdecken

Menschen gehören verschiedenen Religionen an.

Judentum

Islam

Christentum

Die drei Religionen sind verwandt.
Das Christentum ist aus dem Judentum entstanden.

Betrachte die Bilder: Was ist dir bekannt? Was ist für dich neu?
Finde gemeinsam mit deiner Lehrperson im Internet mehr zu diesem Thema heraus.

Zueinander Brücken bauen

Von Mensch zu Mensch

T/M: Sepp Faist

Zeichne die Brücke fertig.
Erkläre, wie Menschen zueinander Brücken bauen können.

Lied

Lebenskraft Vertrauen

kannst auf mich zählen und wie 1, 2, 3 bin ich da·Du
kannst auf mich zählen und wie 1, 2, 3 bin ich da·Du
kannst auf mich zählen und wie 1, 2, 3 bin ich da·Du
kannst auf mich zählen und wie 1, 2, 3 bin ich da ·Du

nach Bruno Mars

Suche dir ein anderes Kind. Schließe deine Augen und lass dich von ihm ein Stück führen. Was heißt für dich: Ich vertraue dir?
Zeichne oder schreibe es auf.

Viele Sprachen

Einander verstehen ist nicht immer einfach.

Hello
Englisch

שלום - Shalom
Hebräisch

سلام - Salam
Arabisch

Ciao
Italienisch

Zdravo
Kroatisch

Habari
Suaheli

Привіт - Pryvit
Ukrainisch

Kumusta
Filipino

Merhaba
Türkisch

____
Deutsch

こんにちは - Kon'nichiwa
Japanisch

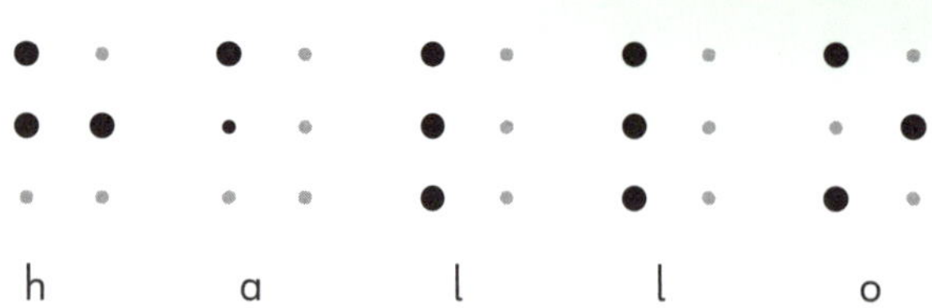

Zählt auf: Welche Sprachen werden in eurer Klasse gesprochen?

Viele Gefühle

Wir sprechen auch mit unserem Körper.

Besprecht, wie sich die Kinder fühlen.
Stelle ein Gefühl dar. Ein anderes Kind darf raten.

Ich erkenne

Ich höre, dass ihr tuschelt.

Ich fühle dich.

Ich sehe: Du bist wütend.

Ich überlege, was du brauchst.

Schaut die Bilder an: Was nehmt ihr wahr? Wie ist es zur Situation im Bild gekommen? Überlegt euch zu jedem Bild eine Geschichte.

Ich-Botschaften

Ich sage, was mich stört, ohne zu verletzen.

Formuliere eine Ich-Botschaft für jede Person auf Seite 40.

Meine Oasenseite

Still werden.
In die Stille hören.
Das Herz öffnen.

Doris Gilgenreiner

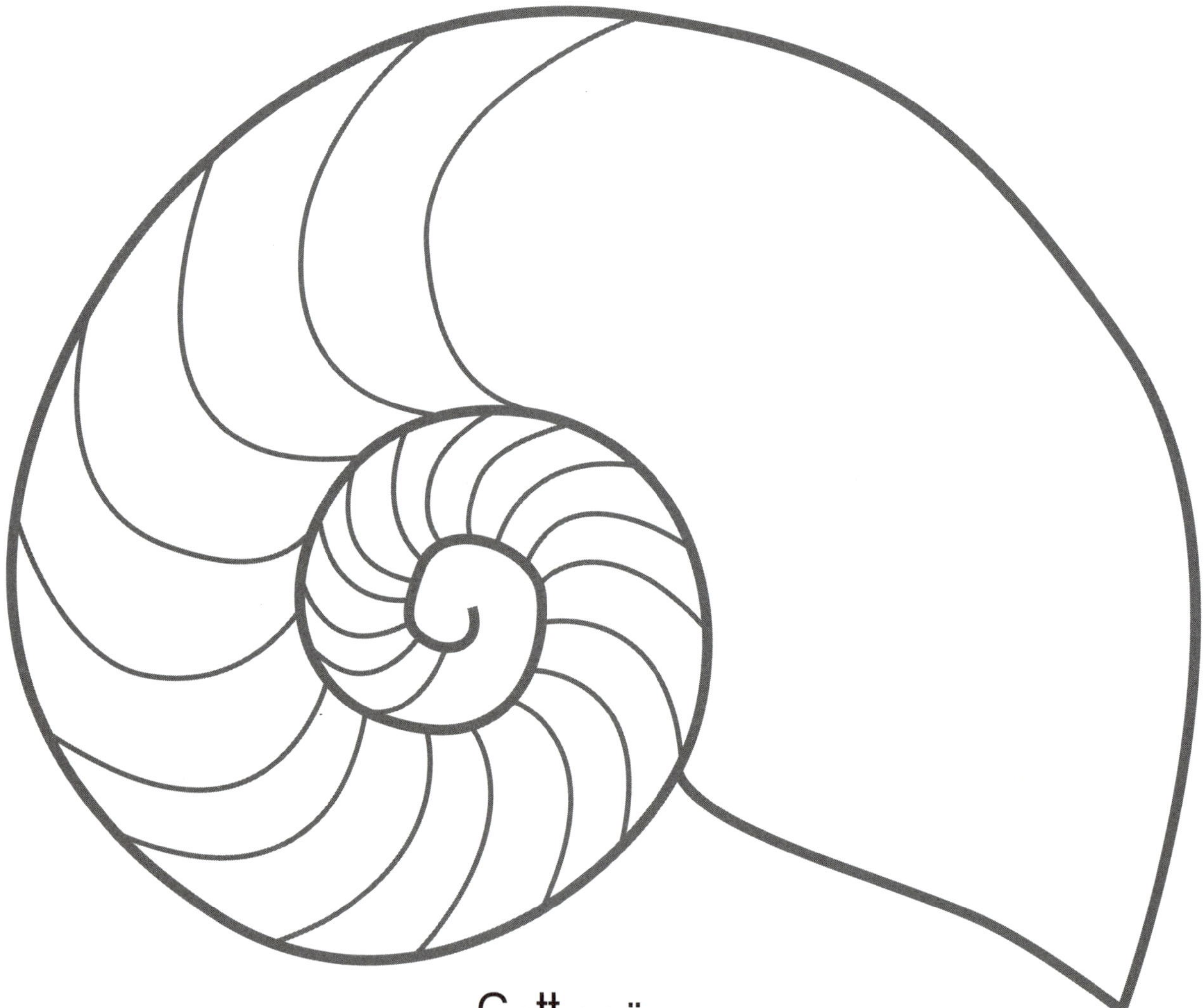

Gott spüren.

Spüre deinen Herzschlag.
Höre in die Stille. Betrachte dabei die Muschel und male sie aus.

DAS KANN ICH SCHON

1. Menschen sind verschieden.
   Was fällt dir dazu ein?

2. Ich sage, was mich stört, ohne zu verletzen.
   Zeichne ein passendes Bild dazu.

3. Worauf achtest du, wenn du dich
   mit anderen Menschen unterhältst?

ICH ÖFFNE AUGEN, OHREN, HERZ.

JESUS BEGEGNEN

Alma und Eli erforschen, wie das Leben zur Zeit Jesu war.

Entdecke, was damals anders war als heute.
Welche Berufe erkennst du? Welche Tiere siehst du?
Wie wohnen und leben die Menschen? Beschreibe.

Jesus – Sohn Gottes

Jesus ist besonders.
Jesus kommt von Gott.
Er ist sein Sohn.
Viele wollen ihn hören.
Viele wollen ihn berühren.
Sie glauben, dass er ihnen hilft.

Schau dir das Bild genau an. Was fällt dir auf?
Welche Geschichten über Jesus kennst du schon?
Tauscht euch darüber aus.
Gestaltet ein Buch mit allen Geschichten von Jesus, die ihr kennt.

Jesus beruft

Jesus versammelt Frauen und Männer um sich.
Sie werden Jüngerinnen und Jünger genannt.
Manche von ihnen sind Fischer.
Sie sind mit Jesus unterwegs.

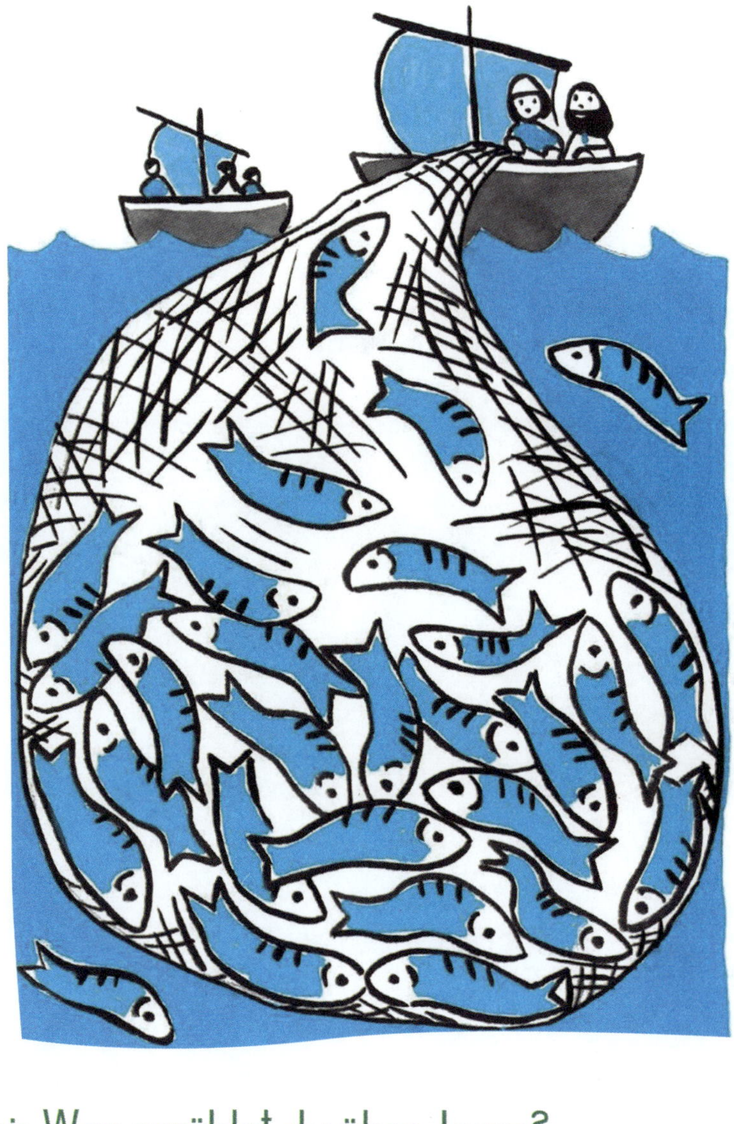

Stelle dir vor, du bist dabei: Was erzählst du über Jesus?
Schreibe für dich passende Wörter zur Geschichte in das Kästchen.

Lebenskraft Freundschaft

Alma und Eli sind gemeinsam unterwegs.
Sie haben schon viel miteinander erlebt.
Sie lachen, sie streiten, sie spielen, sie weinen.
Sie haben Spaß miteinander.
Sie sind befreundet.

Woran merkst du, dass jemand dein Freund/deine Freundin ist?
Tauscht euch darüber aus.
Legt einen Freundschaftsweg in der Klasse.

Schreibe die Namen deiner Freundinnen und Freunde ins Kästchen.
Erzähle, was du mit ihnen erlebt hast.
Was macht eure Freundschaft aus?

Jesus segnet

Da brachte man Kinder zu ihm, damit er sie berühre.
Die Jünger aber wiesen die Leute zurecht.
Als Jesus das sah, wurde er unwillig
und sagte zu ihnen:
Lasst die Kinder zu mir
kommen;
hindert sie nicht daran!
Und er nahm die Kinder
in seine Arme; dann
legte er ihnen die Hände
auf und segnete sie.

Markus 10,13-14a.16

Betrachte das Bild. Beschreibe, was du siehst.
Beginne deine Sätze mit: „Ich sehe …"
Was denken und fühlen die Kinder, als Jesus sie segnet?
Sprecht darüber.

Einander segnen

Ich segne dich.
Ich wünsche dir Gutes.
Gott ist mit dir.

Der Segen Gottes möge dich umarmen

T/M: Kurt Mikula

Bildet einen Kreis. Ein Kind darf sich in die Mitte setzen. Überlegt, was ihr dem Kind Gutes wünscht. Findet passende Gesten dazu.

Lied

Jesus heilt 10-9=1

Jesus heilte zehn Menschen.

Einer von ihnen aber kehrte um,
als er sah, dass er geheilt war,
und er lobte Gott mit lauter Stimme.
Er warf sich vor die Füße Jesu und dankte ihm.

Lukas 17,15-16a

Besprecht, was die Menschen im Bild sagen könnten.
Male Sprechblasen dazu und schreibe es hinein.
Beschreibt, wie und warum nur ein Mann Jesus dankt.

Heilsame Worte

Es gibt Worte, die weh tun.
Es gibt Worte, die heilen.

Überlege: Wen möchtest du um etwas bitten? Bei wem möchtest du dich bedanken? Bei wem möchtest du dich entschuldigen? Fallen dir noch andere heilsame Worte ein?

Jesus verändert

Zachäus war ein reicher Mann, der bei den Menschen nicht beliebt war.
Er verlangte als Zöllner zu viel Geld von den Menschen.

Als Jesus an die Stelle kam, schaute er hinauf und sagte zu ihm: Zachäus, komm schnell herunter! Denn ich muss heute in deinem Haus bleiben. Da stieg er schnell herunter und nahm Jesus freudig bei sich auf. Lukas 19,5-6

Betrachte das Bild ganz genau. Beschreibe, was du siehst.
Besprecht, warum Jesus ausgerechnet Zachäus besucht.

Jesus besuchte Zachäus. Sie aßen miteinander. Zachäus versöhnte sich mit den Menschen und änderte sein Leben.

Gestalte das Bild passend zur Geschichte.
Sammelt Gründe, weshalb Zachäus nach der Begegnung mit Jesus sein Leben ändert. Spielt die Geschichte nach.

Jesus rettet

Jesus schläft im Boot.

Ein Sturm kommt auf.

Die Jünger haben Angst.

Jesus beruhigt Wind und Wellen.

Erzähle: Worüber staunen die Jüngerinnen und Jünger?
Welche Gedanken machen sie sich über Jesus?
Tauscht euch darüber aus. Gestaltet die Seite zur Geschichte.

Meine Oasenseite

Manchmal ist meine Angst riesengroß,
weiß nicht, wie werd ich sie wieder los,
wer hört meine Klagen und wer wird mir sagen
mit freundlichem Gesicht: Fürchte dich nicht?

Bernd Schaudt

Lies den Text. Bastle ein Boot. Schreibe hinein, was dir hilft, wenn du Angst hast. Klebe das Boot auf.

Lied

Jesus begeistert

Jesus zieht in die Stadt Jerusalem ein.
Die Menschen rufen: Hosanna!

Sucht die Geschichte in einer Kinderbibel.
Besprecht, warum sich die Menschen so über Jesus freuen.
Ergänze das Bild.

Jesus feiert

Jesus teilt mit seinen Freunden Brot und Wein.

Auch ihr könnt miteinander teilen.
Übt es an einem Beispiel, das ihr euch selbst überlegt.

Jesus leidet und stirbt

Nicht alle mögen Jesus.
Er wird verhaftet, verspottet und stirbt am Kreuz.

Sammelt Wörter, wie sich die Jüngerinnen und Jünger nach dem Tod Jesu fühlen. Schreibt sie in das Kreuz.
Lasst viele Blumen der Sonne entgegenwachsen.

Halleluja, Jesus lebt!

T/M: Ursula Zwielehner

Tauscht euch aus: Was bedeutet, Jesus ist auferstanden?
Gestaltet ein Bodenbild mit Tüchern, Blumen ...

Lied

Jesus zeigt sich

Jesus ist auferstanden.
Als Erstes zeigt er sich Maria von Magdala.
Sie erzählt den Jüngerinnen und Jüngern davon.

Tauscht euch aus: Was erzählt Maria von Magdala?
Wie fühlt sie sich? Woran erkennt sie Jesus?

DAS KANN ICH SCHON

1 Spielt eine Geschichte von Jesus in einem Rollenspiel nach.

2 Schreibe deine Gedanken in das große Feld.

Jesus ist besonders, weil ...

____

____

Jesus segnet Kinder, weil ...

____

____

3 Nenne Beispiele, wie du ähnlich wie Jesus handeln kannst.

DU GEHST MIT MIR.

TAUFE FEIERN

Emily wird heute getauft. Sie will zu Jesus und zu seiner Gemeinschaft, der Kirche, gehören. Die Taufe ist ein Sakrament, ein heiliges Zeichen.

Schau dir das Bild genau an. Beschreibe, was du siehst.
Was kennst du bereits?

Wasser

Taufe von
0 -199 Jahre
möglich

Das Taufwasser ist Zeichen für ein neues Leben mit Gott.

Entdecke, wie Wasser riecht, schmeckt, sich anfühlt, klingt …
Erzähle: Wofür brauchen wir Wasser? Finde heraus,
warum Menschen mit Wasser getauft werden.
Welche Geräusche erkennst du?

Quiz

Chrisamöl

Mit duftendem Öl wurden Königinnen und Könige erwählt. Bei der Feier der Taufe werden Menschen mit Chrisamöl gesalbt.

Erzähle: Wozu braucht man Öl und Salbe? Gestalte die Krone.
Schreitet wie Königinnen und Könige durch die Klasse.
Besprecht, warum Menschen bei der Taufe gesalbt werden.

Taufkleid

Das weiße Taufkleid kann vieles bedeuten.

Welche Wörter passen für dich am besten zum Taufkleid?
Tauscht euch darüber aus.

Taufkerze

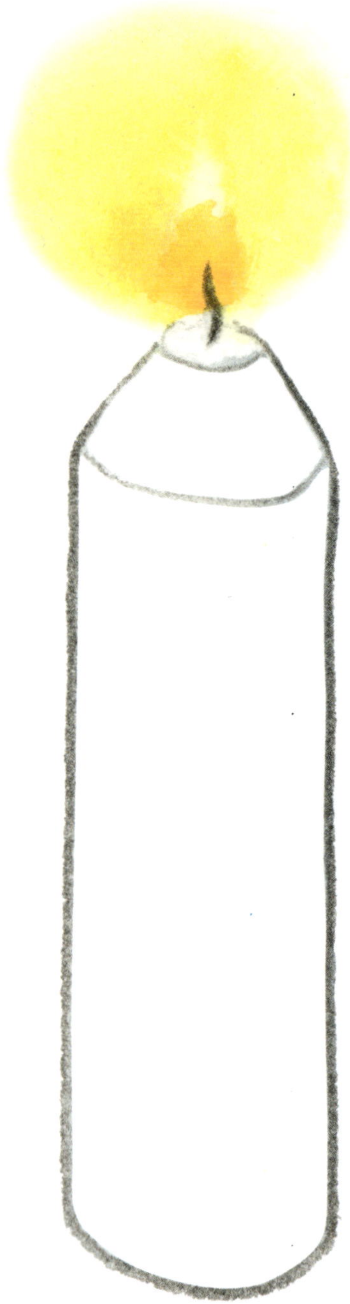

Jesus ist das Licht der Welt.
Die Taufkerze wird an der
Osterkerze entzündet.

Beschreibe, warum wir alle Licht brauchen.
Besprecht, warum bei der Taufe Licht entzündet wird.
Gestalte die Kerze mit den Taufsymbolen.

Kreuzzeichen

Bei der Feier der Taufe wird der Täufling mit dem Kreuzzeichen bezeichnet und gesegnet.

Mit dem Kreuzzeichen erinnern wir uns:
Gott, ich denke an dich, ich erzähle von dir,
ich spüre, du bist bei mir.

Mache das Kreuzzeichen und sprich die Worte dazu.

Meine Oasenseite

Zur Gemeinschaft der Kirche gehören bedeutet:

Ich sage: Du gehörst dazu.
Ich höre dir zu.
Ich rede gut über dich.
Ich teile mit dir.
Ich gehe ein Stück mit dir.
Ich bete für dich.
Ich besuche dich.

Nimm dir Zeit. Lies dir jeden Satz aufmerksam durch.
Welcher Satz passt heute für dich?

DAS KANN ICH SCHON

1. Welche Zeichen werden bei der Taufe verwendet? Schreibe die Wörter auf Papierstreifen. Klebe sie in das Feld.

2. Was geschieht bei der Taufe? Tausche dich mit einem anderen Kind darüber aus.

3. Sammelt Gründe, weshalb Kinder und Erwachsene sich taufen lassen.

ICH GEHÖRE ZU DIR.

VON GOTT GELIEBT

Einfach nur so

T: Hans-Jürgen Netz / M: Reinhard Horn

Was magst du an dir? Zeige es ohne Worte.

Lied

So bin ich

Wenn ich fröhlich bin, ...
Wenn ich Angst habe, ...
Wenn ich zufrieden bin, ...
Wenn ich zornig bin, ...

Das tröstet mich:

Das mag ich gerne:

Zeichne in die Figur, wo du die verschiedenen Gefühle spürst.

Mein Tag

Wo ich gehe, wo ich stehe,
bist du guter Gott bei mir.
Wunderbar ist deine Nähe.
Guter Gott, ich danke dir.

Stelle deinen Tagesablauf dar. Vergleiche ihn mit anderen Kindern.
Finde Bewegungen zum Gebet.

Gott ist bei mir, wenn ...

Betrachte die Bilder genau. Lass die Kinder auf den Bildern den Satz vervollständigen. Besprecht: Wann ist Gott bei euch?

Gott hört mich.

Vor dem Essen

Lieber Gott,
wir haben genug zu essen.
Wir danken dir dafür.
Wir wollen an alle denken,
die nicht so viel haben.
Schenke uns
die Bereitschaft
zu teilen,
dass alle Menschen
satt werden.

Gute-Nacht-Gebet

Ich danke dir
für diesen Tag,
für alle Freunde,
die ich hab,

für die Wunder, die es gibt,
und meine Familie,
die mich liebt.

Ob Sonne oder Regen,
über allem ist dein Segen.

Lass mich gut schlafen
und gib auf mich acht.

Gute Nacht!

Petra Hillebrand

Lies eines der Gebete zu Hause vor. Finde Bewegungen dazu.

Meine Oasenseite

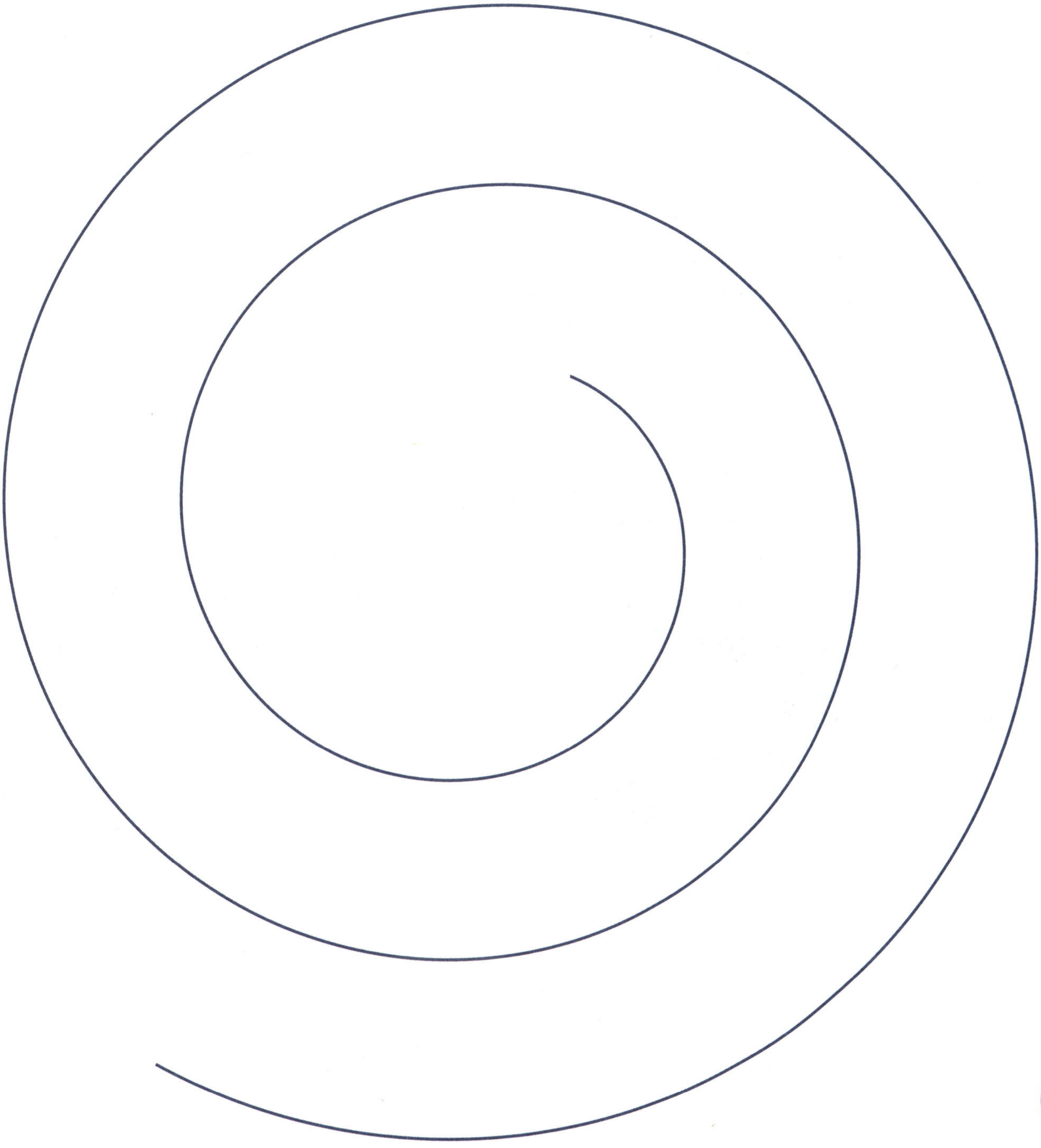

Klebe ein Bild von dir in die Mitte. Du bist einzigartig. Höre dir noch einmal das Lied „Einfach nur so" an. Gestalte die Seite besonders.

Gott liebt alle

Betrachte das Bild. Was drückt es aus?

DAS KANN ICH SCHON

1. Stelle dich in die Mitte und lass dich von deinen Mitschülerinnen und Mitschülern loben.

2. „Einfach nur so, so wie du bist, einfach nur so bist du von Gott geliebt." Was magst du an dir besonders? Gestalte das Kästchen.

3. Was möchtest du Gott sagen? Formuliere ein kurzes Gebet.

GOTT, DU LIEBST MICH EINFACH SO, WIE ICH BIN.

GEWACHSEN

Wunderbar erschaffen

S. 6-19

Was erzählen diese Bilder über Gott?

Wähle ein Bild aus. Tausche dich mit einem Kind darüber aus.

Heiliges entdecken

S. 20-29

Was erkennst du auf den Bildern? Ordne den richtigen Begriff zu!

__________ __________ __________

Martin Kreuz Kirche Nikolaus Kerze

Weihnachten erleben S. 30 – 39

Welches Bild passt zu Advent und Weihnachten?

Das Bild passt, weil ______________________________

____

Einander wahrnehmen S. 40 – 45

Was brauchst du, damit du dich in einer Gruppe wohlfühlst?
Kreise ein.

Spaß Streit Vertrauen Ruhe Melone ______________

Freundschaft Ärger Regeln Sonne

Am allerwichtigsten finde ich ______________________________ ,

weil ______________________________ .

Einander wahrnehmen S. 46–51

Erinnere dich an die
Ich-Botschaften.
Was kann Paul zu Emily sagen?

Ich ____

____.

Jesus begegnen S. 52–71

Wähle ein Bild aus.
Erzähle von dieser Begegnung mit Jesus.

Taufe feiern S. 72-79

Zur Feier der Taufe gehört:

Schreibe die richtigen Wörter zur Nummer.

1. ____________________

2. ____________________

3. ____________________

4. ____________________

Von Gott geliebt S. 80-87

Gott liebt alle Menschen. Schreibe auf, was dir dazu einfällt.

____

____

____

Was war für dich im Fach Religion in diesem Schuljahr wichtig?
Worüber möchtest du mehr erfahren?
Zeichne oder schreibe es in den Koffer.

GOTT, DU BIST GEHEIMNIS.

GOTT, DU TRÄGST MICH DURCHS LEBEN.

GOTT, DU BIST DA.

ICH ÖFFNE AUGEN, OHREN, HERZ.

DU GEHST MIT MIR.

ICH GEHÖRE ZU DIR.

GOTT, DU LIEBST MICH

EINFACH SO, WIE ICH BIN.

AMEN.

QUELLENANGABEN

Alle Bibelverse entnommen aus:
Einheitsübersetzung der Heiligen Schrift © 2016 Katholische Bibelanstalt GmbH, Stuttgart. Alle Rechte vorbehalten.

Aufgaben-Icons Lili Richter

S. 1	Alma 1. Klasse, Illustration Lili Richter
S. 1	Eli 1. Klasse, Illustration Lili Richter
S. 3	Kapitelsymbole Lili Richter
S. 4	Klassenraum, Illustration Lili Richter
S. 6/7	Galaxie von depositphotos.com
S. 7	Eli kompetent, Illustration Lili Richter
S. 8	Regina Schindler, Im Schatten deiner Flügel. Psalmen für Kinder, Düsseldorf 2005, S. 16.
S. 9	Gänseblümchen-Bild von Martin Hetto auf Pixabay
S. 9	Glas-Bild von Stefan Schweihofer auf Pixabay
S. 9	Auge-Bild von Victoria Model auf Pixabay
S. 9	Insekt-Bild von Virvoreanu Laurentiu auf Pixabay
S. 10/11	Bafuß [Jochen Tiemann], Meine große bunte Bilder-Bibel, München o. J., S. 2–3.
S. 12	Herz-Bildkarte, Illustration Mascha Greune, in: Rainer Oberthür, Die Symbol-Kartei. 88 Symbol- und Erzählbilder für Religionsunterricht und Gruppenarbeit, München 2020.
S. 12	Weltkugel-Bildkarte ebd.
S. 12	Feder-Bildkarte ebd.
S. 12	Hirte-Bildkarte ebd.
S. 13	Fragen stellen kann ich gut, T: E. Moers / M: M. Buntrock
S. 14/15	Gottesbilder, Illustration Lili Richter
S. 16	AdobeStock_145951837
S. 17	Giotto di Bondone, Ausschnitt aus der Predella der Altartafel „Der hl. Franziskus empfängt die Stigmata", Paris, Louvre, Inv.-Nr. 308; MR 253; https://collections.louvre.fr/en/ark:/53355/cl010064459; © 2013 RMN-Grand Palais (musée du Louvre) / Michel Urtado
S. 18	Alma und Eli im Apfelbaum, Illustration Lili Richter
S. 19, 29, 39, 51, 71, 79, 87	Alma und Eli 1. Klasse kompetent, Illustration Lili Richter
S. 20	Richtig wichtig für mich, Illustration Lili Richter
S. 21	Herz-Hand-Scherenschnitt, Christine Neureiter-Schlack
S. 22/23	Abbildungen von Maren Briswalter aus: Abeln/Briswalter, Die Weihnachtsheiligen, ISBN 978-3-96157-081-2, Seiten 9, 15, 26 und 32. Ein Camino.Buch aus der © Verlag Katholisches Bibelwerk GmbH, Stuttgart 2018.
S. 24	Labyrinth in Emmersdorf, Foto: Gernot Candolini
S. 24	Zelt, pexels Tatiana Syrikova 3932976
S. 24	Wintersonnenwende am Freieck in Kuchl, Foto: Anton Brandauer
S. 25	Pfarrkirche Kirchbichl, Rufus46, commons.wikimedia.org
S. 25	Kirchenfenster, Illustration Carmen Zingerle
S. 26	Adventkranz, Illustration Lili Richter
S. 26	Christbaumkerzen, Illustration Lili Richter
S. 26	Osterkerze, Illustration Lili Richter
S. 27	Friedhof, Illustration Lili Richter
S. 28	Wandfresko von Br. Thomas Hessler im Europakloster Gut Aich, St. Gilgen. Foto: Andrea Hinterseer
S. 28	Text aus Lena Raubaum, Mit Worten will ich dich umarmen, Innsbruck-Wien 2021, S. 9.
S. 30/31	Adventkalender, Illustration Lili Richter
S. 31	Adventkranz, Illustration Lili Richter
S. 32	Das Lied vom Weihnachts-Wünsche-Baum, T: Ulrich Walter / M: Reinhard Horn
S. 34	Giotto, Der Traum des Joachim (Ausschnitt), Foto: Angelo Rubino im Auftrag des Zentralinstituts für Restaurierung, in: Stefano Zuffi, Giotto. The Scrovegni Chapel, Mailand 2012, S. 18.
S. 35	Giotto, Geburt Christi, Foto: Angelo Rubino im Auftrag des Zentralinstituts für Restaurierung, in: Stefano Zuffi, Giotto. The Scrovegni Chapel, Mailand 2012, S. 34.
S. 36	Giotto, Anbetung der Magier, Foto: Angelo Rubino im Auftrag des Zentralinstituts für Restaurierung, in: Stefano Zuffi, Giotto. The Scrovegni Chapel, Mailand 2012, S. 35.
S. 37	Giotto Darstellung im Tempel, Foto: Angelo Rubino im Auftrag des Zentralinstituts für Restaurierung, in: Stefano Zuffi, Giotto. The Scrovegni Chapel, Mailand 2012, S. 36.
S. 38	Krippe, iStock_1442663998
S. 38	Weihnachtskekse, AdobeStock_45447575
S. 38	Räuchern, http://www.dieburgenlaenderin.at/media/139546/head_2111_b_fr_raeuchern-4.jpg
S. 38	Altar, Kirche St. Koloman, 29. 12. 2022, Foto: Christian Struber
S. 38	Sternsinger, Foto: Dreikönigsaktion, Wien.
S. 38	Luziaweizen, iStock
S. 40	Klassenraum einander wahrnehmen, Illustration Lili Richter
S. 41	Outdoor Spiele, Sol Stock, https://www.istockphoto.com/de/foto/outdoor-spiele-gm539281953-60263180

S. 42	Kinder, verschieden sein, Illustrationen Lili Richter
S. 43	Judentum – pexels-cottonbro-studio-4039221
S. 43	Christentum – © KNA, Foto Harald Oppitz, KNA-230403-0916-000025
S. 43	Islam – pexels-timur-weber-9127842
S. 44	Von Mensch zu Mensch eine Brücke bauen, T/M: Sepp Faist
S. 45	Text in Anlehnung an das Lied „Count on me" von Bruno Mars
S. 46	Gebärde „grüßen" aus „Schau doch meine Hände an", BeB Bundesverband evangelischer Behindertenhilfe
S. 46	Blindenschrift „Hallo" übersetzt mit https://www.cbm.de/behinderung-und-sprache/blindenschrift-braille/blindenschrift-uebersetzer.html
S. 47	Kinder stellen Gefühle dar, Illustrationen Lili Richter
S. 48	Vier Bilder aus: Monika Bücken-Schaal, 30 Gefühlekarten für Kinder (A5), illustriert von Gabriele Pohl © 2021 Don Bosco Medien, München.
S. 49	Ausschnitte von S. 40 (Illustrationen Lili Richter)
S. 50	Text in: Renate Fink, Doris Gilgenreiner u. a., Vertrauen. Auf dem Weg des Glaubens. Begleitbuch, Hohenems-Wien-Vaduz 2013, S. 34. Zeichnung Carmen Zingerle
S. 52/53	Rahmenzeichnung: Lili Richter; Bild im Buch: Catharina Westphal, aus: A382 „Bausteine für den Religionsunterricht. Bibelbilder zum Neuen Testament. Box II", Westermann Lernwelten, Braunschweig.
S. 54	Christus Pantokrator, Katharinenkloster, commons.wikimedia.org
S. 55	Reicher Fischfang, Illustration: Mascha Greune, in: Vreni Merz, Die Bibel an der Bettkante, München 2009.
S. 56/57	Freundschaftsweg, Illustration Lili Richter
S. 58	Kind in Hand, Sieger Köder, © Sieger Köder-Stiftung Kunst und Bibel, Ellwangen
S. 59	Lied „Der Segen Gottes", T/M: Kurt Mikula
S. 60/61	Zehn Aussätzige, Illustration: Mascha Greune, in: Vreni Merz, Die Bibel an der Bettkante, München 2009.
S. 61	Pflaster, Zeichnungen Carmen Zingerle
S. 62	Jesus und Zachäus, Ausschnitt aus dem äthiopischen MISEREOR-Hungertuch von Alemayehu Bizuneh © MVG Medienproduktion 1978.
S. 63	Haus von Zachäus, Zeichnung Carmen Zingerle
S. 64	Boot, Zeichnungen Carmen Zingerle
S. 65	Wasserstrudel, AdobeStock_227110653
S. 66	Esel, Illustration Lili Richter
S. 67	Giotto, Das letzte Abendmahl, Alte Pinakothek, München, https://www.pinakothek.de/kunst/giotto-di-bondone/das-letzte-abendmahl
S. 68	Blume, AdobeStock_572552296
S. 69	Lied „Halleluja", T/M: Ursula Zwielehner
S. 70	Maria Magdalena berichtet den Jüngern; Albani-Psalter, Wikipedia
S. 72	Emilys Taufe, Illustration Lili Richter
S. 73	Brunnen, pixabay.com (Susanne Jutzeler)
S. 73	Taufe, pexels.com (esteban-garcia)
S. 73	Topf, pixabay.com (congardesign)
S. 73	Waschen, pixabay.com (Nadeem Ahmed)
S. 74	Krone, Zeichnung Carmen Zingerle
S. 75	Taufkleid, Illustration Lili Richter
S. 76	Ausschnitte aus Seite 72, Lili Richter
S. 77	Kreuzzeichen, Zeichnung Elena Mizrachi
S. 80	Lied „Von Gott geliebt", T: Hans-Jürgen Netz / M: Reinhard Horn
S. 82	Zeichnungen Carmen Zingerle; Text: Quelle unbekannt
S. 83	Illustrationen Lili Richter
S. 84	Gute-Nacht-Gebet aus: Kathrin Wexberg (Hg.), Immer mal zum Himmel schauen. Gebete für Kinder, Innsbruck 2023, S. 63.
S. 84	Tischgebet aus: Katholische Jungschar der Diözese Innsbruck (Hg.): Wo Himmel und Erde sich berühren. Ein Eucharistiebehelf zur Vorbereitung auf die Erstkommunion und für die Gruppenstunde, Innsbruck 2008, S. 17.
S. 86	Illustration Sonja Wimmer, aus: Kerstin Hau, Behütet, München 2021, S. 14/15
S. 92	Urlaubskoffer, Illustration Lili Richter

IMPRESSUM

Von der Österreichischen Bischofskonferenz im November 2023 als Schulbuch für den katholischen Religionsunterricht approbiert.

Schulbuchnummer: 215701
ISBN 978-3-903330-47-4

Herausgeber: Interdiözesaner Katechetischer Fonds, Singerstraße 7/4/21, 1010 Wien

Verlage: Hermagoras, Klagenfurt | Niederösterreichisches Pressehaus, St. Pölten | Verlagsgruppe Styria GmbH & Co KG, Graz | Verlagsanstalt Tyrolia, Innsbruck | Verlag der Salzburger Druckerei e. U., Salzburg | Veritas-Verlag, Linz | Wiener Domverlag, Wien | St. Martins-Verlag, Eisenstadt

Religionspädagogische Begleitung: Christian Alber
Verlegerische Beratung und Begleitung: Tyrolia-Verlag, www.tyrolia-verlag.at
Cover und Layout: Carmen Zingerle, marinas medien- und werbeagentur gmbh, www.marinas.at
Illustrationen: Lili Richter, www.lilirichter.com
Druck: Hermagoras Druckerei, Adi-Dassler-Gasse 4, 9073 Viktring/Vetrinj
Auf umweltfreundlichem Papier gedruckt.

2. Auflage 2024

Alle digitalen Angebote und das Begleitbuch gibt es auf www.einfach-so-religion.at.